AF509900

LE
SECOND CHANT
DES CHANTS
DE LOYS
ARIOSTE.

A MONSIEVR PIGEON.

A LYON,
POVR LOYS CLOQVEMIN.
1579.
Auec priuilege du Roy.

A MONSIEVR PIGEON.

SONET.

SOVS le voille des vers, qu'yci ie te dedie,
Ie t'offre en tout hôneur, & te dedie aussi,
PIGEON auec ces vers, ce que ie puis yci,
Mon pouuoir, mon penser, mes actions, ma vie.

Ta vertu qui cherit, la docte Compagnie,
M'incite d'honnorer, & d'enrichir ainsi
Ce Cayer de ton Nom: bien que tout esclairci,
Luisant par tes vertus, le mien mesme il auie.

,, Reçois le tout, en gré: Iupiter si tost prend,
,, Le plus petit present, comme il fait le plus grand,
,, Cil qui de bô cœur, fait ce qu'il peut, reste quitte.

Cecy tesmoignera de mon affection,
Cecy te seruira d'vne reffection,
Tandis, que plus hautain, i'attaigne a ton merite.

I. DE BOYSSIERES.

BATAILLE DE REG-
NAVLD, ET DE SACRI-
PANT, ENSEMBLE LA CHEVTE
de Bradamant dans vn puis creux,
par la trahison de
Pinabel.

IMITATION DV SECON
chant d'Arioste.

PAR I. DE BOYSSIERES.

A Claude Pigeon.

OVRQVOY, iniuste Amour, prends
tu si grand plaisir,
A randre tes subiets differends en
desir?
D'ou vient cela, menteur, que tu as
ainsi chere
Leur contrarieté:& que d'vn œil contraire,
Tu te mire en deux cœurs?tu ne me veux laisser
Aller au gué facile,ains me viens enfoncer
Au fonds,du plus profond:& me contrains encore
D'aymer ce qui me hait,haïr ce qui m'adore.

I.

Tu faits que Regnauld void Angelique,a souhait
Et plaine de beauté,quand elle le void laid:

Et quand il paroiſt beau a elle,& qu'elle l'ayme,
Qu'il la fuit,& la hait,de pure haine meſme:
Or il s'afflige en vain,ſe flagelle,& ſe perd,
Et luy eſt bien randu le change,per,a per:
Car vne telle haine,a Regnaud elle porte,   (te.
Qu'elle voudroit,pluſtoſt que l'aymer,eſtre mor-

III.

Regnaud,au Sarraſin)aueq vn orgueil grand)
  Crie,deſſend larron,de mon cheual,deſſend:
  Ma couſtume ne peut ſoufrir,que rien on m'ouſte,
  Mais a cil qui en veut,cherement il luy couſte:
  Ie veux de ceſte Dame encore te priuer,
  Car ie me ferois tort de ne la t'enleuer,
  Et me ſemble,qu'a vn larron n'eſt conuenable,
  Vn Deſtrier ſi parfait,& Dame ſi loüable.

IIII.

Que ie ſois vn larron?tu ments,reſpond ſoudain,
  De loing,le Sarraſin,non moins que luy hautain:
  Mais celuy,qui larron t'apelleroit(beau ſire)
  (Selon que par renom i'en ay entendu dire)
  Diroit mieux verité:Ores s'éprouuera,
  Qui d'elle,& du Deſtrier,le plus digne ſera:
  Bien que la Dame,ſoit a moy,ſi conuenable,
  Qu'il n'y aye point choſe au Monde,ſi loüable.

V.

Ainſi que quelque fois,deux gros Dogues mordans,
  Sót touſiours couſtumiers venir grinſſant les déts,
Auec

Auec les yeux enflez, plus flambans que la braise,
Esmeus ou par enuie, ou par quelque autre noise:
A se mordre asprement, & se randre offencés
Tous deux de rage ardans, & les doz herissés.
Ainsi, cil de Clarmont, & cil de Circassie,
Du cris (l'espee au poingt) vont assallir leur vie

V I.

L'vn est a pied, & l'autre a cheual, or'en fin,
  Quel meilleur, pensez-vous qu'aye le Sarrazin?
  Il n'en a pource nul, qui luy donne aduantage,
  Possible encore moings qu'vn ieune & noudeau pa
  Pour ce que d'vn instint naturel, ce Cheual   (ge:
  N'eust onq a son Seigneur, voulu faire aucun mal:
  L'esperon du Payen, sa main, ny sa collere,
  Ne peust, a son vouloir, vn pas luy faire faire.

X I I.

A l'heure qu'il le pique, il cesse son galop:
  S'il le veut arrester, il va plus que du trop:
  Puis dessous le poirral, il se cache la teste,
  Rue, iouë du cul, & double sa tempeste:
  Voyant le Sarrasin, qu'il n'estoit point mestier
  A l'heure, de dompter vn animal si fier,
  Prend le premier arçon, plus il ne le cheuauche,
  Ains se haussant, met pied en bas, du costé gauche.

X I I I.

Le Payen deliuré auec vn saut gaillard,
  De l'obstination, & fureur de Bayard:

L'on vid accommancer vn aſſaut,certes digne
D'vn per de Cheualliers , tát braue,& tant inſigne:
L'vn & l'autre brand ſonne,hautement,baſſement:
Le qarteau de Vlcan,frape plus lente ment
Lors que dans ſa Spelonque, il forge ſur l'enclume
Le foudre de Iupin,dont ſa dextre il allume.

I X.

Auec longs,& feints coups,d'ou Scintille le feu,
  Môſtrêt voir clairemét,qu'ils ſont maiſtres du ieu:
  Or' ils ſont eſleuez en haut,or' ils s'enclinent,
  Or' ils vont en auant,or' arriere ils cheminent,
  Ores ils ſont couuers,or' vn peu deſcouuers,
  Parent des coups,qui font tournoyer a l'enuers,
  Et en rond bien ſouuent:& au lieu d'ou l'vn s'oſte,
  L'autre y boute le pied,& promptement y ſaute.

x.

Voici Regnauld,lequel(leſpee a doz frapant)
  S'habandonne du tout,ſur le Roy ſacripant:
  L'autre,deuant le coup, ſon Eſcu ſoubdain dóne,
  L'eſcu d'os,les plaſtrons d'acier,de trampe bonne:
  Flamberge taille (encor que la foreſt,d'vn bout,
  A l'autre bout reſonne,& plaigne de ce coup)
  L'os l'acier y faiſant comme en glas telle bleſſe,
  Et le bras eſtourdy,au Sarraſin il laiſſe.

X I.

Comme la Damoiſelle alors timide, vit
  Qu'vn dommage ſi grand, du fier coup s'enſuiuit:
De

De peur & de frayeur, changea sa belle face,
Comme le criminel, aprochant de la place
De sa mort: son aduis est, qu'elle doibt le haut
Gaigner, si elle veut se garder de Regnaud:
De ce Regnaud, qu'elle à en haine, si extreme
Que miserablement, & ardammant, il l'aime.

X I I.

Son cheual elle tourne, & le chasse tout droit
  Dans l'espesse forest, par vn chemin estroit:
  Souuant sa face morte elle tourne, en arriere,
  Et luy semble, qu'elle est de Regnaud prisonniere:
  Elle n'eust guiere fait de chemin, en fuyant,
  Qu'elle va rencontrer, vn Hermite au deuant,
  Auquel la barbe, estoit iusques au ventre creuë.
  Venerable, & deuot, d'aparance, & de veuë.

X I I I.

Des ans, & du ieusner, debile, & tout matté,
  Dessus vn petit asne, il s'en venoit monté,
  Et sembloit bien, qu'il fut d'vne vie, autant sage
  Qu'ō en eust onques veu, de l'vn, & de l'autre age:
  Comme il vid de ses yeux ceste ieune beauté
  Qui arriuoit a luy, il eust, par charité
  D'elle compassion, combien que la pucelle
  Fut malgaillarde, foible, & de moitié moins belle.

X I I I I.

La Dame demanda, le chemin, au Pater,
  Qui la conduisit droit, a quelque port de Mer:
(Pour

(Pour ce qu’elle vouloit s’en aller de la France
Pour perdre de Regnaud l’entiere souuenance
Et ne l’oüyr nomme:) le frere qui estoit
Bon Negromancien, lors la reconfortoit:
Vous ne ferez (dit-il) a nul peril fuiette:
Et ce pandant, il mit la main dans sa bougette.

                              X V.

Vn liure il en tira, qui monstra grand effet,
    Car vn Esprit sortit (en forme de vallet)
    Sur la fin de la page, aparoissant en place:
    Il luy commáde alors, tout ce qu’il veut qu’il face:
    Le fantosme (contraint par le liure) s’en va
    Et vers les combatans, dans le bois arriua
    Qui n’estoyent endormis, mais plátez face, a face,
    Droit au milieu defquels, il s’en entra d’audace.

                              X V I.

De grace (leur dit-il) monstrez moy, l’vn de vous
    Que luy fert de tuer l’autre, par fon courroux,
    Et quel gain, vous aurez en fin de la bataille,
    De vous meurtrir, & rópre vn chacú voftre maille:
    Si le Conte Roland, fans iouxte, ny debat,
    Ny fans auoir rompu vne Maille au combat,
    Emmeine vers Paris, la belle Damoiselle
    Qui vous a cy conduis, en bataille cruelle.

                              X V I I.

A vn Mile d’yci, i’ay rencontré Roland,
    Aueq voftre Angelique, a Paris s’en allant,

Se rians,& moquans eux deux,de voſtre guerre,
Qui ne vous peut nul bié,ſinó tout mal acquerre,
Vous ferez bien,tádis qu'ils ne ſont guieres loing,
De les ſuiure a grand pas:car ſi n'en auez ſoing,
Que Rolland,dans Paris aueque luy la tienne,
Sans que la puiſſiez voir,elle reſtera ſienne.

X V I I I.

Lors que le meſſager euſt tels propos finez,
Vous euſſiez bié peu voir deux guerriers eſtónez!
Et(triſtes) s'appeller ſans veué,& ſans memoire:
Voyant que leur Riual,emportoir leur victoire:
Regnaud tout próptement veut ſon Bayard ſaiſir:
Ses ſouſpirs embraſez,ſembloyent du feu yſſir,
Iurant par grand dédain,& par grande furie,
Que s'il attaint Roland,qu'il en perdra la vie.

X I X.

Et là ou il attend(d'entendement confus)
Son Bayard alors paſſe,il ſe lance deſſus,
S'en và,ſans dire a Dieu,ny faire autre careſſe,
Au Cheualier que ſeul,au boys,a pied,il laiſſe,
Ny l'inuiter en croupe:il heurte le Cheual,
Qui(piqué)briſe tout,court,a mont,& a val:
Et ne peuuent,foſſé,riuiere,roc,eſpine:
Faire tant,que le cours,de ce Corſier decline.

X X.

Ie ne veux que ce cas,vous ſoit trop eſtranger,
Que Regnaud,ayt ſi toſt ores pris ſon deſtrier,
E E

La pourſuitte duquel, luy auoit eſté vaine,
Sans qu'il luy euſſe peu iamais toucher la réne:
Le Deſtrier qui auoit humain l'entendement,
Pour vice, ne ſe fit ſuiure ſi longuement,   (me,
Mais, pour guider ſon maiſtre, où s'en alloit ſa Da-
Affin de ſatisfaire, au deſir de ſon Ame.

XXI.

Lors que du Pauillon elle ſe deſparqua,
Le bon Deſtrier la vid, & ſes pas remarqua,
(Lequel ſe trouua lors auoir vuyde la ſelle:
Pource qu'allors Regnaud auoit vne querelle,
Et eſtoit deſſendu, pour aller per, a per,
Contre vn Baron, qui moings aux armes n'eſtoit
Puis la ſuiuit de loing, a ſeneſtre, & a deſtre, (ſien)
Pour la randre a la fin priſonniere à ſon Maiſtre.

XXII.

Deſirant le guider, au lieu ou elle yroit,
Par la grande Foreſt le premier il couroit,
Et ne voulut iamais endurer, qu'il montaſſe,
Craignant qu'il ne luy fit tourner dos a ſa trace:
Auſſi Regnaud trouua deux fois, par ſon moyen
La Pucelle, & iamais ne luy ſucceda bien:
Ferragus le premier, vint contre luy contendre,
Puis le Cir caſſien, comme auez peu entendre.

XXIII.

Ores, au Demon faux, qui lors Regnaud deceut,
Par vn chemin menteur, Bayard encores creut,

Et demeura paisible, & doux en son seruice,
Reprenant sa vertu, pour son pretendu vice,
Bride toute abatuë, enuers Paris, Regnaud
Le chasse, & va guidant: d'Amour, & d'ire, chaud:
Et aueq le desir, si couramment il volle,
Qu'a luy semblent tardifs, le vent, & la Parolle.

X X I I I I.

A peine cesse-til la Nuit, par maints sentiers
De courir, pour se ioindre au cheualier d'Angliers
Tant il adiouxte foy, & fonde sa creance,
A l'esprit, enuoyé, par Art de Negromance:
Il ne cesse d'aller, de nuit, iour, matin, soir,
Tant qu'il voit la Cité deuant luy aparoir,
Où le Roy (mal conduit & sa troupe deffaite)
Aueque tout son reste, auoit fait sa retraite.

X X V.

Et pour ce que bataille, ou le siege il attend,
Bié tost du Roy d'Affrique: vne grád cure il préd,
A se munir de gens, & de bonnes victuailles,
Faire fossez profonds, remparer les Murailles,
Et tout ce qu'a deffence il espere valloir,
Sans perdre temps en vain, prend peine de l'auoir,
Et resout d'enuoier querir, en Angleterre
Force gés, pour en faire vn nouueau cáp de guerre.

X X V I.

Car il veut de nouueau, aux champs se reietter,
Et le sort de la Guerre, encore retenter:

Il defpefche Regnaud en Bretaigne, en grád erre,
(Bretaigne, qui depuis fut nommee Angleterre)
De s'en aller ainfi, feplaint le Paladin,
Non qu'il aye en dedain, la Terre, & le chemin,
Mais, pour ce que le Roy l'enuoye tout a l'heure,
Et qu'il ne luy permet vn feul iour, de demeure.

X X V I I.

Regnaud iamais de cas ne fut tant eftonné,
Ny fafché, puis qu'a lors il fe vid deftourné
D'aller cercher le rays, de la face diuine,
Qu'il luy auoit tiré le cœur de la poitrine:
Mais a fin d'obeir a Charles, fon Efprit
(Soudain fans delayer) ce voyage entreprit:
En peu d'heures apres, dans Callais il arriue,
Le mefme iour s'embarque, & efloigne la riue.

X X V I I I.

Contre la voulonté de fes fages Nochers,
Il entre en Mer, qui lors affailloit les rochers,
Et fiere menaffoit (fi fembloit) l'arrogance
De celluy qui rien plus, qu'a fon retour ne penfe:
Le vent qui fe vid lors mefprifer de l'autain,
Aueque grand tempefte, efleua par dedain
La Mer tout a l'entour, & auec telle rage,
Il les mande flotter, au Gabbien riuage

X X I X.

Les Mariniers accorts, callent foudainement
Les voilles les plus gráds, pour veincre le tourmát,
Et

Et penſent retourner,& prandre la retraicte
Au port de leur depart,que chacũ d'eux ſouhaite.
Il ne faut(dit le vent)que ie reçoiue au front,
La brauade,l'audace,& honte qu'ils me font:
Il ſoufle,il crie,il bruit,& de peril menaſſe,
S'ils vont en autre part,que là ou il les chaſſe.

X X X.

Or' a Pope,or' a l'Orſe,ils ont le non-ceſſant,
Le cruel,qui plus vient a toute heure en croiſſant:
Ils vont deçà,de là,tournoyans a bas voilles,
Gaignans la haute Mer:mais a diuerſes toilles,
Ayant mis diuers fils,qu'ores i'ay grand deſir
De les tous manier,& de les tous ourdir,
Ie delaiſſe Regnaud,& la Prouë en tourmante,
Pour retourner parler de ſa Seur Bradamante.

X X X I.

De celle Damoiſelle,vnique de douceur,
Qui eſtoit digne Seur,de ce digne Seigneur,
Qui prit du Duc Aymon,& de Beatrix naiſſance,
Pour qui mourut le Roy,Sacripant,de nuyſance:
La hardieſſe,force,& pouuoir qu'elle auoit, (ſoit,
Tãt au Roy Charles,moins,qu'aux Frãçois ne plai
(Pour ce qu'elle eſtoit lors au mõde,ſans ſéblable)
Que la haute valeur,de Regnaud tant loüable.

X X X I I.

Vn Cheualier,que fit la fille d'Aigoulant,
Semance de Roger,fut d'elle tout brulant,

Et pris de ſon Amour, ſi toſt qu'il euſt laiſſee
Affrique, qu'il auoit auec ſon Roy paſſee:
Ceſte cy, qui n'auoit pris naiſſance d'vn Our,
Ny d'vn fier Lyon, n'euſt en dedain, telle Amour :
Côbien qu'ils n'ayent peu ſe parler, ny voir qu'vne
Qu'vne fois ſeuls enſéble, empeſchez de Fortune.

XXXIII.

Bradamante cerchoit (en ſemant ſon renom)
  Son Amy qui portoit de ſon Pere le Nom,
  Auſſi en ſeureté ſeulle, & ſans compagnie,
  Comme entre mille Camps, pour gardes de ſa vie:
  Et apres qu'elle euſt fait batre, au Roy Sacripant,
  La face de la Mere Antique, luy tombant:
  Paſſe vn Bois, & apres vn Mont, & vne plaine,
  Tant qu'elle vint, au bourd d'vne belle fontaine.

XXXIIII.

Par le milieu d'vn Pré, ſes claires eaux gliſſoient,
  Qu'Arbres hauts, Anciés, & qu'Ombres tapiſſoiét
  Qui les paſſants laſſez: d'vn murmure agreable
  Pour boire, & ſeiourner, attiroit ſur ſon ſable,
  Vn cotaut cultiué, a gauche la gardoit
  Des chaleurs du mi-iour, que le Soleil dardoit:
  Et comme ſon bel œil deçà, & delà, tourne,
  Il void vn Cheualier, qui la parmy ſeiourne.

XXXV.

Vn Cheualier, qui ſouz l'ombrage d'vn Tallis,
  En vn lieu verd, blanc, rouge, & Iaune, eſtoit aſſis:
Tout

Tout penſif,& tout coy,tout ſeul,tout ſolitaire,
Non guieres eſloigné,de ceſte belle eau claire
Il auoit ſon Eſcu a vn Fouteau branché,
Pres l'almet,& plus bas ſon Cheual attaché,
Il auoit les yeux mols,& la teſte baiſſee,
Se monſtroit las,dolent,& profond en penſee.

X X X V I.

Ce deſir,que tous ont au cœur,& au Cerueau,
De ſcauoir par autruy,ce qu'on fait de nouueau,
Fit faire a la Pucelle au Cheualier,demande
De ce qui luy cauſoit,vne douleur ſi grande,
Lequel la luy ouurit,& la moutra dehors,
Meu de la contenance:hautaine de ſon Corps,
Et de ſon doux parler:qu'a ſa veuë premiere
Luy ſembla d'vn guerrier,auoir l'audace fiere.

X X X V I I.

Et commança ainſi:Seigneur,ie conduiſois
Pietons,& Cheualiers,& au Camp m'en venois,
Où Charles attendoit Marſille en la campaigne,
Et pour deſſendre mieux a l'aiſe,la Montaigne,
Vne Dame auec moy i'auois,ſans autre train,
De qui ie ſuis blecé bien auant dans le ſain,
Et trouuay pres Rodonne vn Armé, ô!cautelles!
Bridát vn grád Deſtrier,qui volloit a deux aiſles.

X X X V I I I.

Si toſt que le Larron(ou ſoit homme mortel:
Ou vn horrible Eſprit,de l'Enfer Eternel)

Euſt

Euſt veu ma belle amie,& ma tant chere ſaincte:
Ainſi que le Faucon,qui pour donner attainte,
Calle,& tout a vn coup,remonte & redeſſend,
Ainſi,par le chemin,la deſuoyee il prend:
Et ne m'aperceus point,d'aſſaut,ny d'entrepriſe,
Tant que i'ouy le cry,las!de Madame,priſe.

XXXIX.

Ainſi eſt le Pouſſin,par le Milan rauy,
  Qui de ſa mere,apres en dueil,eſt d'œil ſuiuy,
  Se dueillant,ſe plaignanr,de la prompte diſgrace,
  Et en vain il le crie,& en vain le coüaſſe:
  Las!ie ne pouuois ſuiure vn homme qui volla,
  Sur hauts mons,& au pied d'vn rocher,il alla,
  Puis i'auois mon Cheual ſi recreu,qu'a grãd peine
  Mouuoit-il pas la voye,aſpre,& de rochers plaine.

XL.

Mais,comme cil qui moindre euſſe dit ma douleur,
  De ſentir arracher,de mon ventre,le cœur:
  Laiſſe aller mon Cheual,ſans guide,par la voye,
  Ou ie penſois,qu'allaſſe & ma paix,& ma ioye,
  Et où le rauiſſeur,emportaſt mon confort,
  Et ou Amour,m'alloit conduiſant demy mort.
  Par ſentiers moins faſcheux:car ſi ie voulois viure,
  Il me failloit ma vie,ainſi preſque mort ſuiure.

XLI.

Six iours ie m'en allay,des les ſoirs,aux matins,
  Par monts,vaux,eſtrangers,& horribles chemins,
Où

Où ny auoit sentier ny voye, en mont, ny plaine,
Ny marque, ny signal, d'aucune trace humaine:
Puis ie paruins en fin, en vn vallon desert
De riues entourné, d'obscuritez couuert,
Où au millieu estoit, sur vn rocher, posee
Vne grand forteresse, au rocher incisee.

X L I I.

De loin il m'est aduis, que (comme flame) il luit,
Et de matiere cuite, il n'a esté construit,
Et comme de plus pres ie m'auoisine d'elle, (belle:
L'œure a mes yeux paroist, plus merueilleuse, &
Puis ie sens comme (en fin) les Demons (là subtils)
Contrains par vers sacrez, & charmes, leurs outils:
Auoient d'Accier, trampé dans le Stigien fleuue,
Enuironné ce lieu, qui si riche se treuue.

X L I I I.

D'vn Accier si fourby, luisent si fort les Tours,
Que la rouille ne peut nuire, a ces beaux atours:
Il court le païs, quand l'occasion n'est chauue,
Iour, nuit, puis là dedans le fin larron se sauue:
Ce qu'il veut desrober, n'a rampart, ny apuy,
Et en vain l'on blaspheme, & gemit contre luy:
Là il detient Madame, ains mõ cœur, qui n'espere
De la tirer iamais, de prison si seuere.

X L I I I I.

Que puis-ie faire plus? las! que ietter sanglos!
En regardant la Roche, ou mon bien est enclos?

Ainsi que le Regnard, qui d'en bas entés plaindre
Son fils, au nid de l'Aiglet & ny pouuant attaindre,
Et qu'il n'est point aisé pour escheller la sus,
Tournoye a l'enuiron, & reste là confus:
Le chasteau est si fort, & si droite est la roche, (che.
Que nul (s'il n'est oyseau) ny peut point faire apro

X L V.

Tandis que i'estois là, voicy venir soudain   (Nain,
Deux guerriers, qui auoyent pour les guider, en
Qui lors, à mon desir, quelque espoir adiouxteiét,
Mais desir, & espoir, vains pour moy se trouuerét:
Tous deux estoyent gentils, & d'hardiesse plains,
L'vn Gradasse appelle: lé Roy des Sericains:
L'autre Roger, puissant, de façon Heroïque:
Ieune, & assez prisé en la Court de l'Affrique.

X L V I.

Ils viennent (dit le Nain) esprouuer leur vertu,
Contre cil qui est Sire, en ce Chasteau pointu,
Qui par voye estrangere, ainsi qu'vn Ganimede,
Cheuauche tout armé, vn Oiseau quadrupede:
He (dis-ie lors) Seigneur, soyez esmeus tous deux,
Par pitié, de mon cas, felon, & despiteux:
Quand vous aurez veincu (côme me iuge l'Ame)
Ie vous prie bien fort, de me randre Madame.

X L V I I.

Ie leur contay sa prise, auecques mon malheur,
Et pleurát de mes yeux, leur môstray ma douleur:
                                        Ceux

Ceux-cy(la leur merci)beaucoup lors me promi-
Et la montre en bas(fafcheufe)deffendiréc: (rent,
De loin ie regardois leur combat:& de cœur
Ie priois Dieu,de faire vn chacun d'eux veinccœur:
Souz le Chafteau eftoit vne plaine,en verdure,
Qui aurât que deux gets de pierre,fans plus,dure.

XLVIII.

Quand ils furent venus au pied,du Rocher haut,
　Chacun vouloit aller le premier,a l'affaut,
　Toutesfois fut par fort,où qu'a Rocher ne touche,
　Et ne s'en foucy' point:l'autre le Cor embrouche,
　Et le fonne fi fort,que par tout l'enuiron
　Et Cime du Chafteau,furent plains du refon:
　Quand voici aparoir, le guerrier hors la porte
　Armé,que le deftrier,de fes deux aifles porte.

XLIX.

Peu a peu il commance,à delà fe leuer,
　Ainfi comme la Gruë,eftrange a l'arriuer
　Qui court premierement,puis fes aifles hauffees,
　Voifine de la terre,vne où de deux braffees
　Nous paroit:& apres qu'elle fe met voller,
　Ses deux aifles nous monftre,efpandues dás l'air,
　Ainfi le Negromant,frape fi haut fes aifles,
　Qu'a peine l'Aigle yroit,iufqu'a hauteffes telles.

L.

Puis quand bon luy fembla,il tourna le Cheual,
　Qui(les aifles ioignant)a plomd deffend a val,

Ainſi que le Faucon manié, vient deſſendre
Du Ciel, voyant leuer le Coulõb qu'il veut prãdre:
Ainſi le voleur vient, fendant l'air de roideur,
Vient la Lance en l'arreſt, & bataille d'ardeur,
Gradaſſe a peine void, le caller du Satrape,
Qu'il ſe le ſent a dos, qui le bat, & le frape.

L I.

Le Sorcier romp ſon bois ſus Gradaſſe: ſoudain
Gradaſſe va frapant, le vent, & lair en vain:
Pour ce là, le volleur n'inrerrompt ſa carriere,
Puis de là il s'eſloigne, auec audace fiere:
Ce dur coup, fit plier la croupe grandement,
Sur le pré verdiſſant, a la forte Iumant,
La Iumant que Gradaſſe auoit, pour la plus belle
Et meilleure, qui onq & iamais porta ſelle.

L I I.

Le voleur tranſcourut iuſques au firmament,
Puis de là (en grand haſte) il calle haſtiuement,
Frapa Roger, auant qu'il s'en aperceuaſſe,
Car de tout le combat, il s'en fioit a Gradaſſe:
Et ſent le coup receu, des le haut iuſqu'aux bas,
Et meſmes ſon deſtrier, s'en reculla d'vn pas:
Et quand il le voulut ferir, pour ſa reuanche,
Il le void loin de ſoy, en lair, qui lair deſtranche.

L I I I.

Ores deſſus Gradaſſe, & ores ſur Roger,
Au frõt, au ſain, au dos, viét, ſes coups deſcharger,
Et

Et de ces deux yci il rend l'atteinte veine,
Pour ce qu'il eſt ſi prõpt,qu'õ ne le void qu'apeine,
Il s'en va tournoyant, pirouétant,roüant,
Monſtre d'aller a l'vn,a l'autre il va donnant:
Et esbloüit ſi bien,leurs yeux de mille feintes,
Qu'ils ne peuuent iuger d'ou viénent ſes attaintes.

L I I I I.

La Bataille de l'vn,& l'autre terrien,
Dura contre le ſeul Cheualier Airien,
Iuſqu'a l'heure qui tend par le monde ſes voilles,
Pour cacher le plus beau,& ſortir les Eſtoilles:
Ce que ie dy,eſt vray,& de rien ie ne ment,
Ie le vy,ie le ſçay,& n'oſe bonnement
A autruy le couter:car ceſte grand'merueille,
Reſſemble au Faux,& fait que le veillant ſõmeille.

L V.

Le Cheualier du Ciel,au bras ſeneſtre auoit
L'Eſcu,qu'vn drap de Soye au par deſſus couuroit,
Ie ne ſçay pas pourquoy,il tient l'Eſcu qu'il porte,
Si longuement couuert,& clos en ceſte ſorte,
Car ſoudain qu'il le monſtre,il rend tout aueuglé,
Et des yeux esblouy cil qui la contemplé,
Contraint lors de tomber,par l'art de Negremáce
A terre,& du Sorcier reſter a la puiſſance.

L V I.

En guiſe d'Eſcarboucle,eſt ceſt Eſcu luiſant,
Et ny a point d'Aſpect,qui ſoit plus eſclairant,

FF   3

Parquoy a la splandeur,de tomber,leur fut force,
Aueuglez comme morts,sans sentimét,n'amorce,
Et moy mesme en perdy de loin tout sentiment,
Toutesfois ie reuins apres,finablement,
Et ne vis plus ny Nain, ny guerriers , en cápaigne,
Sinon le champ vuidé,la plaine, & la montaigne.

LVII.

Parce cy ie pensay,que l'Enchanteur hideux
Eust pris ensemblement,& en vn trait,les deux,
Et osté(par l'Escu qui tant le fauorise)
A moy toute esperance,& a eux la franchise:
Ainsi ie fus contraint,las!de dire a ce lieu,
Ou mon cœur est enclos,le pitoyable Adieu,
Or iugez maintenant,si Angoisse,qui vienne
Pour bien aymer,se peut esgaller a la mienne?

LVIII.

Le Cheualier retourne,en son affliction,
Apres qu'il en eust dit,toute l'ocasion,
Cestuy estoit le fils d'Anseaulme,d'haute riue,
Le Conte Pinabel,assis sus ceste riue,
Qui entre ses parans(magasins de tout mal)
Ne voulut estre seul ny courtois,ny loyal,
Mais non tant seullement,il n'esgalle sa race,
Mais en meschancetez & en vices la passe.

LIX.

La belle Damoiselle,aueque iestes coys,
Et en aspets diuers,entend le Mayançois,
Lequel

Lequel(parlant de cil,dont elle est amoureuſe)
A ſon premier parler,il la randit ioyeuſe:
Mais apres qu'elle oüyt,qu'il eſtoit ainſi pris,
D'amoureuſe pitié,ſe trouble les eſpris,
Ce n'eſt que redoubler ſon mal,& ſon martire,
De luy tourner deux fois,ce piteux cas redire.

L X.

Apres qu'elle euſt oüy le fait,par tels propos,
　　Luy dit:ô Cheualier donne a ton cœur repos,
　　Ma venuë vers toy,te pourra eſtre heureuſe,
　　Et la iournee encor,ſembler aduantureuſe:
　　Donques,allons nous en en ce logis tout or,
　　Qui dans ſoy tient caché,vn ſi riche treſor,
　　Tu ne deſpenſeras en vain,ta faſcherie,
　　Si la Fortune,au moins ne m'eſt trop ennemie.

L X I.

Tu veux donq,reſpondit l'autre,que de rechef
　　Ie repaſſe ces monts?tu le trouueras grief,
　　Ce n'eſt pas guiere,a moy,de faire telle perte,
　　Puis que de tout mon bien,ma vie eſt or'deſerte,
　　Nais toy tu vas chercher,ta priſon,par les lieux
　　Sauuages,& deſers,plains de rocs perilleux,
　　Allós dóq,ſoit:aumoins tu ne te pourras plaindre,
　　De moy qui te predis ton deſaſtre ſans feindre.

L X I I.

Ainſi dit,& alors tourna vers ſon deſtrier,
　　Et a la Genereuſe il eſt monſtre ſentier,

Qui

Qui s'en va (pour Roger) en danger d'estre prise,
Du Negromancien, ou de luy mesme occise:
Sur ce, voici venir vn messager, qui prend
Leur suitte, & hautement il crie, attand, attend:
C'estoit celuy, duquel Sacripant (lors superbe)
Sçeut celle qui l'auoit estandu, dessus l'herbe.

L X I I I.

Bradamante reçoit, de par le messager
Nouuelles de Narbonne, aussi de Montpellier,
Que les Chasteaux, auoient desplié en cent sortes
L'enseigne: ioints auec la riue d'Aigues-mortes:
Que Marseille voyant, que celle n'y estoit
Qui les deuoit garder, mal se reconfortoit,
Et que faueur, conseil, & secours luy demande,
Et par ce Messager (humble) se recommande.

L X I I I I.

Ceste Cité, auec plusieurs lieües d'enuiron,
Et tout ce qu'embrassoiét, Varc, & le Rosne: en dó,
Charlemaigne, l'auoit donné a Bradamante,
Pour l'espoir qu'il auoit, de sa dextre vaillante,
Et l'asseurance vraye en sa haute valleur.
Or' (comme ie vous dis) ce messager coureur,
Estoit party expres, vers elle, de Marseille,
Affin que Bradamante au secours, s'apareille.

L X V.

La Iouuencelle, vn peu fut suspendue en lair,
Entre l'oüy, & non, de tourner, ou d'aller,

D'vn

D'vn cofté le deuoir, auec l'honneur la pouffe,
Et de l'autre cofté Cupidon fe courrouce,
Elle arrefte a la fin, ce qu'eftoit arrefté,
Et de tirer Roger du logis enchanté :
Et quand bien fa vertu, ne le pourroit pas faire,
Au moins d'eftre auec luy prifonniere, elle efpere.

L X V I.

Elle fit fon excufe au meffager partant,
Et telle qu'il monftra en eftre tout contant:
De là tourne la bride, a fon premier voyage,
Aueque Pinabel, qui n'en euft bon vifage
Car il fçeut qu'elle eftoit, par ce, de la maifon,
Que plus il haïffoit, que la mefme poifon:
Et defia il preuoit, fa future foufrance,
Si elle le cognoift, de ceux-là de Mayance.

L X V I I.

Car entre les maifons de Mayance, & Clarmont,
Y auoit grande haine, & en haine elles font:
Tant que fouuentesfois, ils fe rompent la tefte:
Refpádant de leur fang, & mort quelqu'vn y refte:
Parquoy l'inique Conte, or' penfe de trahir
L'incaute Damoifelle, où bien de s'enfuïr,
Et commant il pourra inuenter la maniere,
De la laiffer là feulle, & prandre autre carriere.

L X V I I I.

L'inhimitié n'aifue, & le doubte, & la peur,
Luy occupoient fi bien, les penfers de fon cœur,

Qu'il fortit au deceu de fa voye, & à l'heure
Se retrouue, dedans vne Foreft obfcure,
Qui auoit au milieu vn Mont, qui finiffoit
Sa fime en vn rocher, qui de loin paroiffo it:
Tandis la fille-fils, du grand Duc de Dordonne,
Luy eft toufiours derriere, & point ne l'abandŏne.

L X I X.

Comme le Mayançois dans ce bois là fe vit,
Cuidant fe feparer de la Dame, il luy dit,
Parauant que le Ciel plus embruny fe face,
Il feroit bon d'aller chercher pour loger, place:
Outre ce mont (fi bien ie cognois fon copeau)
Et au bas du Vallon, fied vn plaifant chafteau:
Tu m'attendras yci, car de la Roche nuë
Ie m'en feray certain, par mes yeux & ma veuë.

L X X.

Ainfi difant, foudain il chaffe fon cheual,
En haut prenant le Mont, & delaiffant le val,
Regardant ça, & là, s'il verra quelque fente,
Pour la fe retirer, d'aupres de Bradamante:
Il trouue vn Puis au Roc, qui du haut iufqu'aubas,
Auoit de profondeur, de plus de trente pas:
Et eftoit a Cifeau taillé le rocher tendre,
Pour plus aifeement iufques en bas deffendre.

L X X I.

Il y auoit au fonds vn portail fuffifant,
Et pour entrer dedans capable, & bien duifant:

Il

Il fortoit par dehors la montaigne cauee,
Comme vne torche ardante vne lueur leuee,
Pandant que le Felon,en doutant fe taifoit,
La Dame qui de loin pas a pas,le fuiuoit,
Craignant de perdre,a lors & d'efgarer fa trace,
L'attaint a la Spelonque,& en la mefme place.

LXXII.

Quand le traiftre fe vid fruftré de fon deffein,
Et de ce qu'il auoit là refolu en vain,
Il arrefte au Cerueau vne eftrange falace,
Pour la s'ofter de là,ou bien qu'elle trefpaffe:
Il luy vint au deuant,& la monta au lieu
Ou le mont vain eftoit,caué par le milieu:
Et luy dit,qu'il auo it dedans cefte tafniere
Veu vne Damoifelle,a regret prifonniere.

LXXIII.

Qui à l'habit monftroit eftre de haut degré,
Et a fa contenance y eftre outre fon gré,
Perturbee,fafchee,& de face dollente,
Pour fa captiuité,fe tempefte & tourmante:
Et a fin de fcauoir fon eftre,en peu de mots:
I'eftois defia entré auec elle en propos,
Mais elle ne fut pas fi toft hors de la grotte,
Qu'vn qui eftoit dedans(tout furieux)la m'ofte.

LXXIIII.

Bradamant qui eftoit Genereufe de foy,
Mal-caute:a Pinabel donna creance,& Foy.

Et deſirant, autant qu'elle deſiraſſe onque,
Sortir la Damoyſelle, hors de ceſte Spelonque:
Elle vid ſus vn Orme, vn long & fort rameau,
Pour luy ayder deſſendre, au fonds de ce Caueau,
Et auec ſon eſpee, alors elle le tronque,
Eſſayant ſa longueur, au fonds de la Spelonque.

L X X V.

Apres qu'il fut coupé, ſoudain elle le rand
Aux mains de Pinabel, & puis elle s'y pend,
Paſſant premierement (ſus ſes bras ſuſpanduë)
Les pieds dans la taſniere, où elle eſt ia perduë,
Car Pinabel riant, luy dit (trop inhumain)
Comme elle ſçait ſauter: & puis laſcha la main.
Toute ta paranté, fuſſe en ce lieu randuë,
(Dit-il) tant que la race, en fut du tout perduë.

L X X V I.

Il n'aduint pas ainſi, que Pinabel voulloit,
De l'innocente Dame, ainſi qu'elle coulloit,
Et fut tombee en bas, la Rame longue, & forte,
Touche le fonds premiere, & la Dame ſuporte:
Il fut bien tout briſé, mais il ſouſtint ſi fort,
La cheute, qu'il garda la Dame de la mort:
Toutesfois elle fut, quelque peu eſtourdie,
Ainſi qu'a l'autre Chant il faudra, que ie die.

Fin du Second Chant d'Arioſte.

DISTIQVE.

A Monsieur Pigeon.

S'Il en vient quelque honneur, il ne vient pas
   à moy:
Car ce deuxiesme Chant, a esté fait par toy.

DE BOYSSIERES.

GG 3

SVR LA LOVANGE DE
L'ESCRITVRE.

SONET.

A   Iean de Beau-Chesne.

LE Royal Diamant, net-clair est admiré:
   Pour luy, l'homme ne craint l'inconstante ma
rine:
   Ny pour l'Or, que sur luy tombe la creuse mine:
   Tant i'vn, & l'autre d'eux, est par luy desiré.
De l'vn superbement le doigt est decoré,
   Et de l'autre le corps, en parement insigne:
   Pour l'vn il est errant sur l'ondoyante eschine:
   Pour l'autre aucune fois il est vif enterré.
Or' puis que le mortel prend de si grandes peines,
   Et se met en danger pour de choses si veines,
   Il deuroit a bon droit se peiner doublement.
Pour gaigner (bien heureux) l'honneur de bié escrire,
   Et tes traits imiter: car certes ie puis dire
   Que ton scauoir luy donne encor plus d'ornemét.
Que les riches thresors, d'ont l'Inde fait largesse:
   Et qu'il passe en valleur, en honneur, en richesse,
   Tout Zaphir, tout Rubis, tout Or, tout Diamant.

D I A

DIALOGVE.

A la louange d'Armand Fabri.

POurquoy ingrat as tu mis en oubly,
    Celluy qui sert a tes vers de Colonne?
Tu pense donq que i'oublie Fabri,
    C'est luy qui or' tout cest Oeuure couróne.
Quoy? luy veux-tu tenir si chers tes Vers?
    Luy qui ne tient a toy sa force chere?
Auec ce peu il faudra le trauers,
    Et vollera par toute l'Emisphere.
Hé tu deuois le mettre des premiers,
    Non le laisser yci tant en arriere.
L'on met tousiours les plus braues, derniers,
    Pour conseruer vne troupe guerriere.

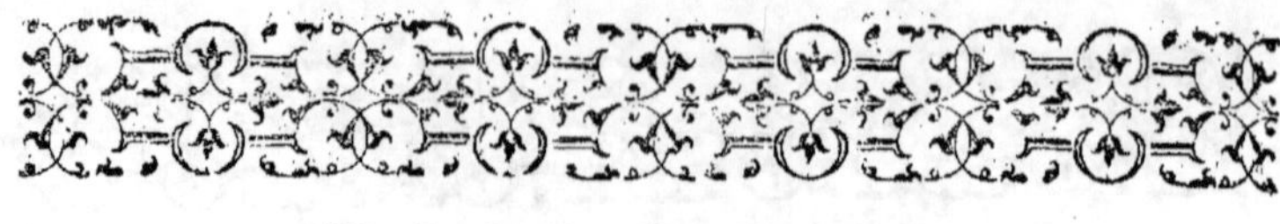

DIALOGVE.

Sur le pourtrait de Monsieur

DE BOYSSIERES.

TObie tu te trompe, en voulant entrepren-
dre,
De Boyſsieres pourtraire, & le tirer au vray.

Qui aura veu les deux, ne me pourra repran-
dre,
Et tout tel: qu'il ſera, touſiours ie le rãdray.

Mais quoy? tu n'as tiré le Sainct feu, qui allume
Son Eſprit: ton pinceau n'a peint que le dehors.

Lis ces vers, tu verras, que les traits de ſa plu-
me,
L'ont mieux tiré au vif, que ie n'ay fait le
Corps.

G. CHASBLE CHARTRAIN.

Fin des Troiſieſmes Oeuures de I. De Boyſsieres.

Morior, vt viuam.

TABLE DE TOVT
LE CONTENV EN
CE VOLVME.

PREMIEREMET,

De la continuation des Premieres œuures.

SONETS.

TABLE.

CHANSONS.

ELLEGIES.

STANCES.

COMPLAINTE.

ODE.

TABLE.

Pour

TABLE.

EPITAPHES.

ENIGMES.

Enigmes du Lut.

De la Clef, de la Serrure.

De l'œil quand on est couché.

Du

TABLE.

SONETS.

TABLE.

DISCOVRS.

QVARTEMENT.

De la Boyßierè.

COVRCE PREMIERE.

De

TABLE.

QVINTEMANT.

SEXTEMANT.

FIN DE LA TABLE.

SONET.

S'Il y a liure a vous recommandable,
   C'eſt ceſtuy-ci, dont i'oſe aux bõs eſprits
   (De la ſcience & des vertus eſpris)
   Recommander ſon contenu loüable.

Il briſera de ſon vers agreable,
   Le dur lien, qui chagrins vous tient pris,
   Et au feſtin qu'il vous fera de pris,
   Vous traitera de mets tout delectable.

Ayez-le donq pour tout recommandé,
   Qu'en vos Cerueaux il ſoit touſiours gardé,
   Randu par vous d'vne vie durable.

Ie faux, non, non, Ce liure yci eſt tel,
   Qu'il eſt de ſoy diuin, & immortel:
   Et eſt de ſoy aſſez recommandable.

Priuilege de Priuilege.

A Esté present en sa personne, IEAN DE BOYSSIERES, de la ville de Montferrand en Auuergne, secretaire de la chambre du Roy, & de Monsieur : lequel a permis & permet par ces presentes, a LOYS CLOQVEMIN, Libraire en la ville de Lyon present le Notaire, &c. Assauoir, de imprimer, vandre & debiter, la *Continuation des premieres & secondes œuures* dudit de Boyssieres, Ensemble le commancement de la, *Boyssiere*, ou autrement de *l'histoire Auuergnate*, auec *l'Estrille & drogue d'vn Pedant de Clermont*. Et de metre le tout en lumiere deuëment & en bon estat, & de les vandre comme dit est par tout ou bon luy semblera, Et ce par la permission, & priuilege general, que le Roy a octroyé audit DE BOYSSIERES : comme apert par lettres a luy expediees, signees PAR LE ROY EN SON CONSEIL, TESTV : & scellees de cire iaune, du grand sceau, sur double queuë : Donnees a Paris, le vingtiesme iour de Feurier, mil cinq cens soixante dixhuict : laquelle continuation d'œuures, & choses cy dessus dites, il ne pourra vendre que pour la premiere impression seulement. Car ainsi &c. promis & iuré &c. randre despens &c. renoncé &c. obligé &c. soubsmis &c. Te. pre. honnorables hommes maistres Austremoine Reuissat, & Iean Escudier, huissiers aux generaux des Aydes a Montferrand, & maistre Sebastien Girmond, de ladite ville, qui ont signé, & aussi ledit DE BOYSSIERES le vingthuit Auril, mil cinq cens soixante dixneuf. Et au dessous escrit Octroyé a Montferrand A Du peil, Et signé Chambon, DE BOYSSIERES, Girmond, Reuissat, Escudier.

Imprimé par **Thibauld
Ancelin.**

1579.